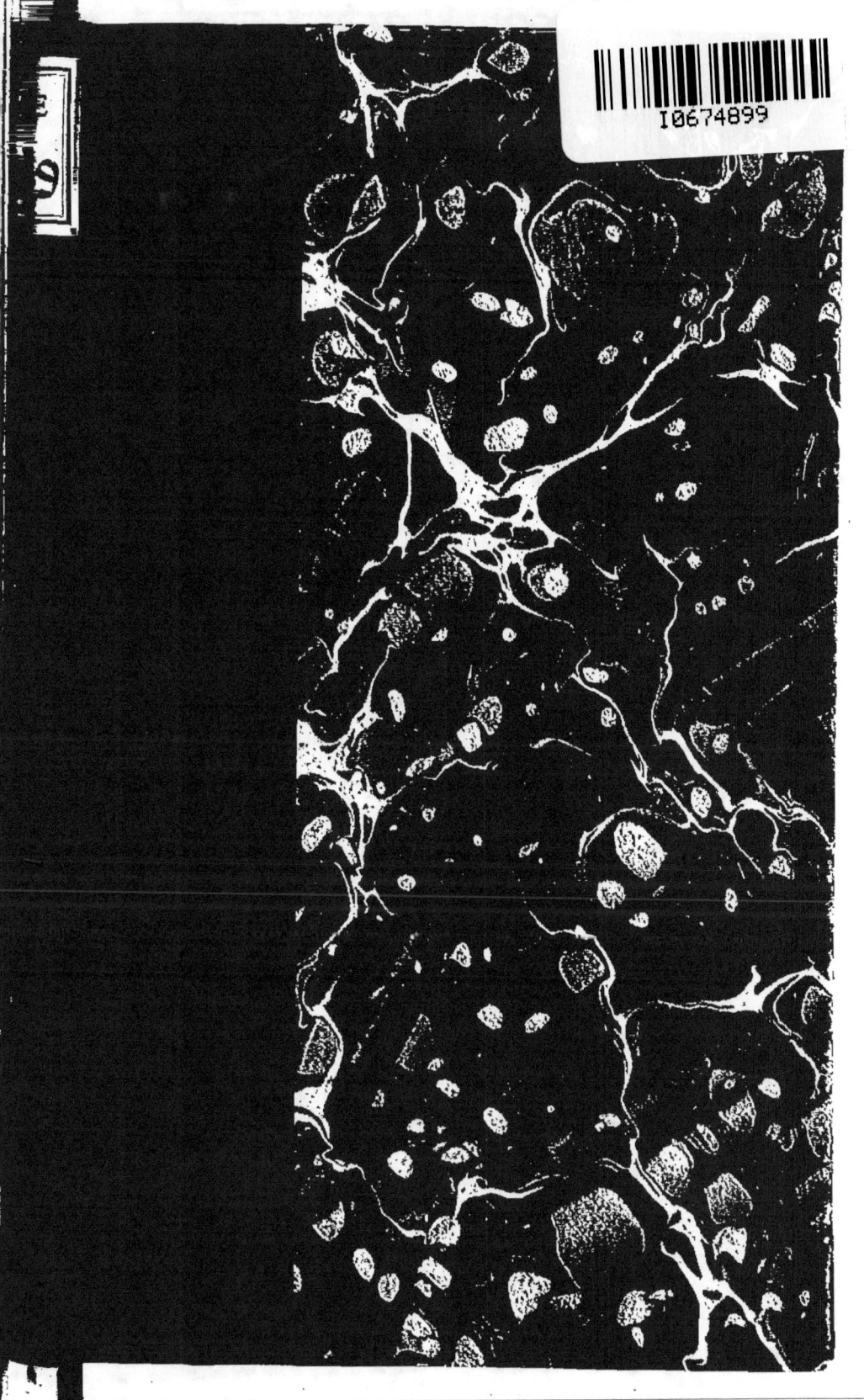

LE
FLAMBEAU

DES CHANSONNIERS,

RECUEIL DE CHANSONS

BACHIQUES, GRIVOISES, COMIQUES ET SENTIMENTALES,

Qui n'ont pas encore paru, et qui sont le produit des meilleur... ... chantantes de la capitale

OUVRAGE MIS EN ORDRE

PAR PELLETIER

Fondateur ...

PARIS,

LEBAILLY, LIBRAIRE-ÉDITEUR,
RUE DAUPHINE, 24

1842.

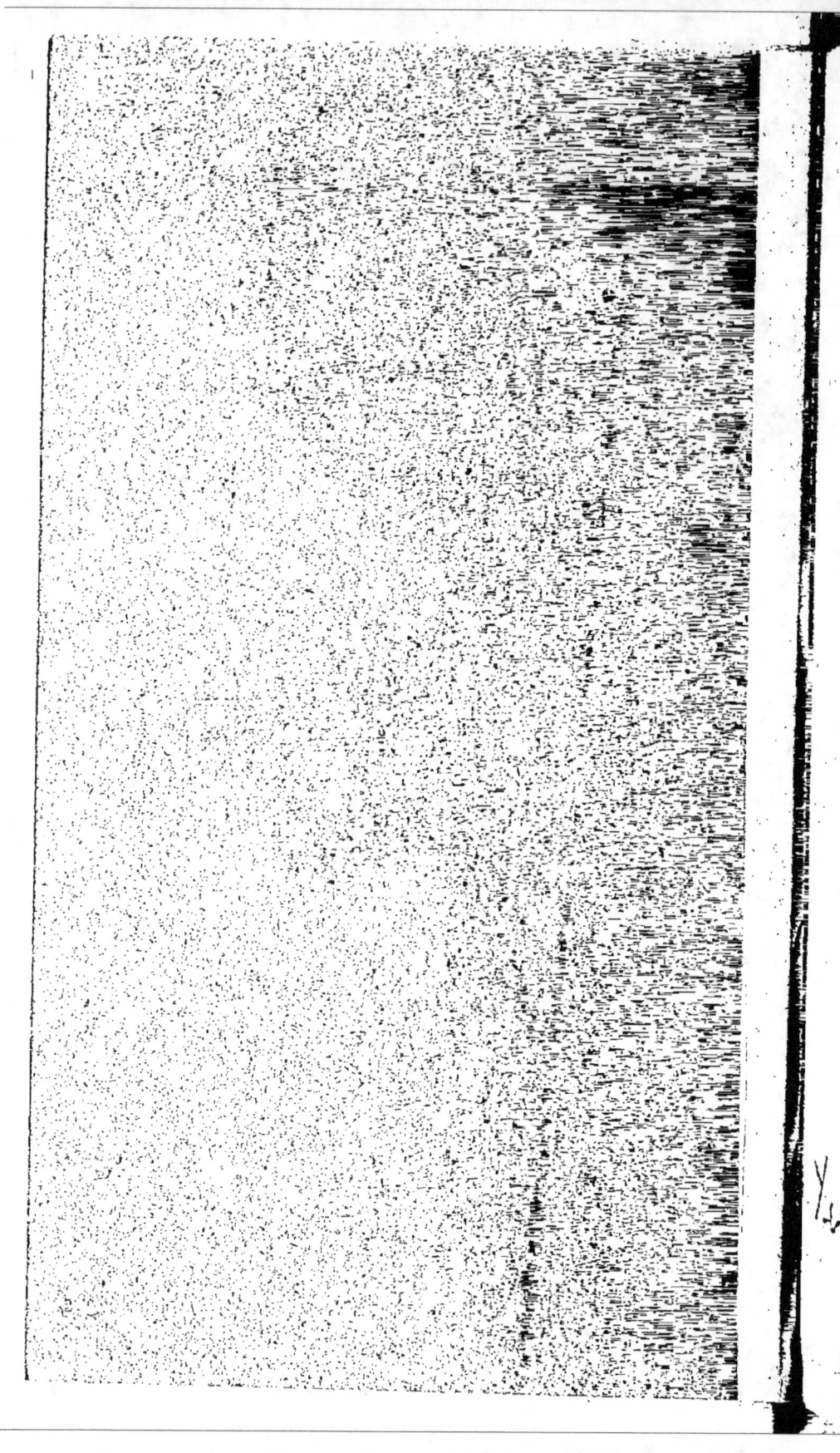

729

1

Xe

23689

Ah! Suzon, ma bonne Suzon,
Secourez un pauvre garçon.

LE
FLAMBEAU
DES CHANSONNIERS,
RECUEIL DE CHANSONS

BACHIQUES, GRIVOISES COMIQUES ET
SENTIMENTALES,

Qui n'ont pas encore paru, et qui sont le
produit des meilleures sociétés chantantes
de la capitale.

OUVRAGE MIS EN ORDRE

PAR PECATIER,
Fondateur de plusieurs réunions lyriques.

Opposons amour et folie
Aux arrêts cruels du hasard ;
Et prenons, pour charmer la vie,
Jeune maîtresse et vieux nectar.

PARIS,
LEBAILLY, LIBRAIRE-ÉDITEUR,
RUE DAUPHINE, 24.

1842.

LE FLAMBEAU

DES

Chansonniers

RECUEIL DE CHANSONS

COMIQUES, GRIVOISES, ET SENTIMENTALES.

SUZON.

Air *de l'Aveugle de Bagnolet.*

Bonne Suzon, au clair de lune,
Du doux sommeil je suis privé ;
Eveillez-vous, aimable brune,
Vous me verrez sur le pavé,
L'œil au guet, le corps énervé,
Presque nu, me donnant au diable,
Luttant contre un froid redoutable.
Ah ! Suzon, ma bonne Suzon,
Votre lit est si charitable !
Ah ! Suzon, ma bonne Suzon,
Secourez un pauvre garçon.

1.

En chemise, ayant tout à craindre,
Pour Dieu! calmez donc mon effroi;
Ma position est à plaindre,
Je crois qu'une sainte, ma foi,
Aurait ici pitié de moi.
Votre âme, que tout humanise,
M'abandonne-t-elle à la bise?
Ah! Suzon, ma bonne Suzon,
Le vent emporte ma chémise,
Ah! Suzon, ma bonne Suzon,
Secourez un pauvre garçon!

Mon équipage vous étonne,
Sachez que mes feux amoureux
Etaient secondés par Simonne,
Quand son époux, d'un bras nerveux,
Vient me saisir par les cheveux;
Alors pour éviter sa rage,
La fenêtre fut mon passage.
Ah! Suzon, ma bonne Suzon,
J'arrive du troisième étage,
Ah! Suzon, ma bonne Suzon,
Secourez un pauvre garçon!

Comme un pénitent, je vous prie,
Mais loin de vous voir accourir,

J'entends votre voix qui me crie :
« Votre plainte me fait souffrir,
» Mais je ne puis vous secourir. »
Hélas! si quelqu'un embarrasse
Ce que vous prêtez avec grâce,
Ah! Suzon, ma bonne Suzon,
Pour deux vous aurez de la place ;
Ah! Suzon, ma bonne Suzon,
Secourez un pauvre garçon !

Enfin, par les maux que j'endure,
Vous voyez, reine des amours,
Que ma singulière aventure
A des droits à quelques secours ;
Me résisterez-vous toujours ?
Ma défaite est une victoire
Dont le myrte n'est pas sans gloire.
Ah! Suzon, ma bonne Suzon,
Prenez pitié de mon histoire ;
Ah! Suzon, ma bonne Suzon,
Secourez un pauvre garçon !

Au loin j'entends crier : Qui vive!
Ces mots troublent tous mes esprits.
A grands pas la patrouille arrive,
Grâce à vous, sans être compris,
Pour un fou je vais être pris ;
Mais, que vois-je ? de vôtre gîte

La porte en ce moment s'agite...
Ah! Suzon, ma bonne Suzon,
Dans votre lit cachez-moi vite;
Ah! Suzon, ma bonne Suzon,
Secourez un pauvre garçon!

LA SOLITUDE.

Air *du Mal du pays.*

Dans un bois tout est sombre,
Tout sourit aux amours;
La solitude et l'ombre
Les protègent toujours.
Rose, dans la prairie,
Tu m'as dit mille fois :
« Je serai ton amie, »
Viens me le dire au bois.

Un amoureux ombrage
Cachera ta rougeur,
Le plus épais feuillage
Calmera ta pudeur.

Le chant de la fauvette
Couvrira tes soupirs,
Complice d'amourette,
Elle a tous nos désirs,

Que peux-tu craindre encore ?
Regarde, il fait grand jour ;
Vois le soleil qui dore
Nos vignes d'alentour.
La cloche du village
N'a pas dit à l'écho
Que toute fille sage, -
Doit rentrer au hameau.

LA FLEUR ÉPANOUIE.

Air : *Le Baiser du soir.*

J'avais douze ans, déjà dans le village
Sur un troupeau j'exerçais mon pouvoir,
Et dans les champs, du matin jusqu'au
    soir,
Je le gardais comme fait fille sage.
  Alors, pour la première fois,
  Simple comme on est en enfance,

Je pénétrai sans défiance
Dans l'épaisseur du bois.

J'avais treize ans ; mais à cet âge encore,
Sombre réduit ne parle pas au cœur ;
Mes blancs moutons faisaient tout mon
    bonheur,
Et leurs besoins m'éveillaient dès l'aurore.
    Toujours dociles à ma voix,
    Ils se guidaient sur ma houlette :
    Nous allions d'herbette en herbette
    Dans l'épaisseur du bois.

A quatorze ans, il n'est plus de mystère,
Je devinai le germe du plaisir ;
Dans un ruisseau je trouvais un désir,
En me voyant à travers l'onde claire.
    Houlette tombait de mes doigts !
    C'était pour chercher autre chose...
    Las ! c'était un bouton de rose,
    Dans l'épaisseur du bois.

Quand j'eus quinze ans, je n'étais plus la
    même,
L'amour alors avait pris le dessus ;

Joli troupeau, je ne vous aimai plus
Lorsque Lucas me fit dire : Je t'aime !
   Sur moi bientôt il eut des droits,
   Sa main triompha de la mienne...
   Ma bouche obeit à la sienne
     Dans l'épaisseur du bois.

Mais à seize ans cette douce tendress^e
De plus en plus irritait notre ardeur ;
Dans un baiser n'était plus le bonheur,
Nos yeux brûlans nous le disaient sans
     cesse.
   Bientôt ma pudeur aux abois
   N'opposa que molle défense :
   Et je perdis mon innocence
     Dans l'épaisseur du bois.

ÉLÉGIE.

Quand je l'aimais, mon âme était ravie,
J'étais heureux, je le croyais ;
Je ne vivais que de sa vie,
Tout, jusqu'à ses défauts, me semblait des
attraits ;
Mais maintenant je ne puis que la
plaindre...
Ah ! mes pensers flottent irrésolus !
Me faudra-t-il la désoler ou feindre
Un sentiment que je ne ressens plus.

COUPLETS

DÉDIÉS A MILLOT,

SAUVEUR DE MURAT.

—

Air d'*Asmodée*.

Grâce à l'appui d'une main enfantine,
Qui le conduit sans se lasser jamais,
Aveugle et pauvre un vétéran chemine,
Fier de porter l'uniforme français.

Noble martyr, sous sa noble misère,
La tête haute, il marche ; et son enfant,
Les yeux baissés, offre à chaque passant
Le casque usé du nouveau Bélisaire.
Au nom sacré de la gloire et des preux,
Tendons la main au soldat malheureux.

Voyez briller sur sa face meurtrie
Tous les rayons de notre antique honneur,
Voyez la croix qu'au nom de la patrie
Sur son habit plaça notre empereur.
Il immola ses jours à sa querelle,
Devant la mort qu'il sut vingt fois braver ;
Jours précieux ! mettons à les sauver
L'ardeur qu'il mit à les risquer pour elle.
Au nom, etc.

Faut-il compter, quand florissaient nos
        armes,
Les coups fameux que son bras a portés,
Et contempler les Russes en alarmes
A son aspect fuyant épouvantés ?
C'est, dirait on, un héros de la fable,
Ce brigadier si brave en combattant ;
Mais, croyez-le, Millot fut aussi grand
Qu'il est, hélas ! chétif et misérable !
Au nom, etc.   2

Près de Heilsberg, engagé dans l'Urène,
Du prompt Murat, l'impétueux coursier,
Sous des dragons, mutilé, hors d'haleine,
Tombe, sous lui tombe le cavalier.
Il va périr ; mais Millot fend l'espace,
L'ardent Millot nous le rend, ô bonheur !
N'oublions pas que ce noble sauveur
N'a pas toujours du pain dans sa besace.
Au nom, etc.

Lui, tant souffrir ! lui, pourrait-on le
    croire ?
Qui, dans les camps, au bruit du fier
    clairon,
Se fit porter un toast par la victoire,
Trinqua deux fois avec Napoléon.
De ce banquet il se souvient sans doute ;
Ah ! quand demain la soif le pressera,
Est-il un cœur qui lui refusera,
A ce récit, un peu d'eau sur la route ?
Au nom, etc.

Fantôme errant d'une splendeur éteinte,
Mourant reflet d'une gloire aux abois,
Lorsque Millot passe dans notre enceinte,

C'est tout l'empire ! et nous resterions
   froids ?
Voyons en lui cette brillante chaîne
De ces héros qui moururent pour nous :
Voyons des rois, l'Europe à nos genoux,
Voyons, enfin, l'île de Sainte-Hélène !
Au nom, etc.

LA FUMÉE.

Air de Turenne.

Au cabaret suivez-moi, bons buveurs,
Enivrons-nous de punch et de fumée !
Que des flambeaux, des pipes, des
   liqueurs,
En flots épais se mêle la fumée !
  A chanter alors je me plais
  Parmi l'odorante fumée...
  Là, tous mes vœux sont satisfaits,
Quoique le vent emporte mes couplets
  Comme il emporte la fumée.

Un Lovelace, à quatre-vingt-dix ans,
Convoite encor le cœur des pastourelles,
Il s'évertue à réveiller ses sens,
Lui dont un siècle a déchiré les ailes.

Vieillard, tes membres engourdis
N'ont plus leur vigueur renommée...
Les belles t'adoraient jadis ;
Mais aujourd'hui, vieillard, je te le dis,
Ton amour est une fumée.

Devant l'avare, image des hiboux,
Passons, amis, sans frapper à sa porte ;
Car à personne il n'ouvre ses verroux,
De son foyer la cendre est toujours morte.
Mais chez son voisin nous aurons
Bon vin et truffe parfumée ;
Il est le roi des francs lurons,
Et ses fourneaux lancent en tourbillons
De blancs nuages de fumée.

Puissans du monde, aux orgueilleux
  destins,
Qui portez haut vos têtes fortunées,
Sans nul souci vous usez en festins
Des jours bien doux, de bien douces
  années.
Sur la paille, loin de vos yeux,
Gémit l'indigence affamée ;
Ayez pitié des malheureux :
Le pauvre, hélas ! hôte malencontreux,
Mange son pain à la fumée.

LE
PETIT DOIGT DE MA GRAND' TANTE.

AIR : *Ma mère, est-ce que je sais ça ?*

Que faisiez-vous avec Blaise
Dans le bosquet du jardin ?
— Rien, maman. qui ne déplaise,
Mais je le chassai soudain.
— Vous avez chassé le drille,
C'est fort bien, sans contredit...
Vous mentez, petite fille,
Mon petit doigt me l'a dit.

L'autre jour, sous la tonnelle,
Que vous disait ce chasseur ?
— Il me trouvait jeune et belle,
Et je l'appelai menteur ;
Cela n'est qu'une vétille,
C'est tout ce qu'il prétendit.
— Vous mentez, petite fille,
Mon petit doigt me l'a dit.

Le seigneur de ce village,
Qui vous trouve tant d'appas,

2.

Vous fit un cadeau, je gage,
Dont vous ne me parlez pas?
— Il m'offrait une mantille,
Ma pudeur la lui rendit.
— Vous mentez, petite fille,
Mon petit doigt me l'a dit.

On vous vit hors de l'église
Avec votre confesseur,
Ne faites pas comme Lise,
Ce curé n'est qu'un trompeur.
— Sur la sainte Pétronille
Son discours seul s'étendit.
— Vous mentez, petite fille,
Mon petit doigt me l'a dit.

LA VERTU DE MA BAGUETTE.

AIR : *Sa majesté n'a plus sa tête.*

O vous qui, sous d'aimables lois,
Captivez notre âme amoureuse,
Belles, je chante les exploits
De ma baguette merveilleuse.

Comme les sorciers ténébreux,
Comme Moïse le prophète,
J'ai fait des miracles nombreux
Par la vertu de ma baguette.

De ma flamme, depuis longtemps,
Je poursuivais la jeune Adèle,
Et toujours mes efforts constans
Cédaient à sa vertu rebelle.
Après avoir bien combattu,
Un jour enfin de la pauvrette
Je fis trébucher la vertu
Par la vertu de ma baguette.

C'était l'âge où la puberté
Fait subir ses métamorphoses :
Irma voyait de sa beauté
S'évanouir toutes les roses ;
La mort, d'un voile redouté,
Couvrait sa lèvre violette ;
Mais je lui rendis la santé
Par la vertu de ma baguette.

Blaise disait tout hors de lui :
« Galant, je déjouerai vos trames ,

Vous qui sur les terres d'autrui
Venez traquer l'honneur des femmes. »
A parer un cruel affront
En vain Blaise perdit la tête :
Il lui vint deux cornes au front
Par la vertu de ma baguette.

Qu'une amazone vaillamment
Ose défier ma puissance,
De ce magique talisman
Elle éprouvera l'influence.
Dût-elle à quia me pousser
Sur la plume ou sur la coudrette,
Ce soir je la ferai danser
Par la vertu de ma baguette.

QUATRE MOTS EPICURIENS.

Air : *Ne nous trahissez pas tous deux.*

Tin, tin, tin, tin, tin, tin,
Qu'on remplisse de Chambertin
Mon verre.
Hélas ! depuis trois jours et plus

Je n'ai pas goûté de Bacchus
    Le jus.
Vivre sans vin, c'est végéter,
Vivre en buvant, c'est exister ;
  Tin, tin, tin, tin, tin, tin,
Qu'on remplisse de Chambertin
    Mon verre.
Bravo ! ma soif a disparu !
Au bonheur je suis parvenu !
    J'ai bu.

   Zon, zon, zon, zon, zon, zon ;
Embrasse-moi, mon Alizon
    Si belle.
Que tes appas si blancs, si frais ,
Me soient livrés libres d'attraits ;
    Après.
Tes yeux excitent le désir,
Et le désir mène au plaisir.
   Zon, zon, zon, zon, zon, zon,
Embrasse-moi, mon Alizon
    Si belle ;
Mêlons nos bras voluptueux,
Ne faisons qu'un corps amoureux
    Tous deux.

Pan, pan, pan, pan, pan, pan !
Champagne brise mon tympan
   Et mousse !
Fuis ta prison avec gaîté
Tu seras dans ta liberté
   Goûté.
Ton jet pour les épicuriens,
Vaut mieux que cent jets artésiens.
  Pan, pan, pan, pan, pan, pan,
Champagne brise mon tympan
   Et mousse !
Lorsque tu pars dans un banquet,
Comme un bon mot, chez le Français
   Tu plais.

  Flon, flon, flon, flon, flon, flon,
Que la folle et vive chanson
   Circule !
Qu'elle fronde en lyriques vers
Tous les vices et les travers
   Divers.
Quand elle pince sans pitié,
C'est la satyre au petit pié.
  Flon, flon, flon, flon, flon, flon,
Que la folle et vive chanson
   Circule !
Compagne du vin, des amours,
Qu'elle suive gaîment son cours
   Toujours.

UN SOUVENIR.

Air : *Près de l'épine est le plaisir.*

Depuis le soir ou ma bouche amoureuse
Baisa ta main pour la dernière fois,
Mon âme, hélas ! a cessé d'être heureuse,
Et j'ai perdu ma gaîté d'autrefois !
Tel qu'un maudit que frappe l'anathême,
En frissonnant j'ai subi ta froideur ;
Pourtant tes bras m'ont pressé sur ton
            cœur,
Pourtant ta voix m'a souvent dit : je
            t'aime !
Toi qui de fleurs as paré mes beaux jours,
Aurais-tu donc oublié nos amours ?

Tu m'apparus, vierge au tendre langage,
Aux longs soupirs, aux regards amoureux
Ton doux accueil sourit à mon hommage,
Puis, le bonheur nous enivra tous deux.
Un tel lien, ô maîtresse adorée,
Devait unir nos âmes bien longtemps ;

Mais , feu follet, il n'eut que peu d'ins-
      tants ;
Enfant ! toi seule as détruit sa durée...
Toi qui de fleurs as paré nos beaux jours,
Aurais-tu donc oublié nos amours.

Comme la joie accueillait ta présence
Au bois témoin de tous nos rendez-vous!
Que de baisers en troublaient le silence,
Sous la feuillée où nous étions à nous !
Un philtre vif battait dans mes artères ,
Mes yeux alors brillaient de volupté.
Maintenant, seul ! je reviens chaque été,
Te demander à ce lieu de mystères.
Toi qui de fleurs as paré mes beaux jours,
Aurais-tu donc oublié nos amours ?

Quand tes billets me révèlent encore
De ton amour le doux épanchement ,
Quand tes cheveux dont ma main se dé-
      core,
A mes esprits rappellent un serment ;
Relis mes vers, laisse en eux ta croyance,
Vers et billet ont dit la vérité.
Nous nous aimions avec sincérité;
Mais ma tendresse a lassé ta constance.

Toi qui de fleurs as paré mes beaux jours,
Aurais-tu donc oublié nos amours ?

Chez la misère, un débris de fortune
Parfois réveille un regret bien cuisant ;
D'un beau passé le reflet importune
Le malheureux au funeste présent ;
Triste jouet de ton indifférence,
Tout mon chagrin est dans mon souvenir :
Oui, tu privas jusqu'à mon avenir
Du baume saint qu'on nomme l'espé-
          rance !
Toi qui de fleurs as paré mes beaux jours,
Aurais-tu donc oublié nos amours.

L'HOMME A BONNES FORTUNES.

Air : *Bah ! j'épouserai la meunière.*

Je suis l'enfant chéri des belles ;
Si de leur plaire j'ai le don,
C'est qu'en folâtrant avec elles
J'ai les grâces de Cupidon.

3

Joli minois parfois me complimente,
Même en dépit de mes nombreux rivaux,
Qui savent bien qu'une femme charmante
Peut, en amour, savoir ce que je vaux.
    Je suis l'enfant , etc.

Un Céladon ne voit dans ce bas monde
Que la beauté dont il se trouve épris :
J'ouvre mon cœur à la brune, à la blonde,
Tous les beaux yeux à mes yeux ont du
    prix.
    Je suis l'enfant , etc.

Deux étourdis, jaloux d'une infidèle,
En ma présence allaient se battre à mort
Par dévoûment, sans être amoureux
    d'elle,
J'eus ses faveurs pour les mettre d'accord.
    Je suis l'enfant , etc.

Dans une noce où coulait le Champagne,
Lorsque l'époux chantait, le verre en
    main,
En un lieu sombre, à sa jeune compagne,
Du vrai bonheur je montrai le chemin.
    Je suis l'enfant , etc.

J'ai fait, ami, disait un petit maître,
Une conquête, et c'est la fleur du bal.
Moi, pour ne pas la laisser compromettre,
Du jeune fat je devins le rival.
      Je suis l'enfant , etc.

J'ai su charmer une femme jolie
Qui me préfère à son mari jaloux ;
Entre l'amour et l'aimable folie
Du dieu d'hymen je brave le courroux.
      Je suis l'enfant , etc.

Pour oublier de Lise et de Javotte
Les vains transports, hochets d'un séduc-
      teur,
J'ai convoité le cœur d'une dévote,
Que je ravis à notre bon pasteur.

Je suis l'enfant chéri des belles ;
Si de leur plaire j'ai le don,
C'est qu'en folâtrant avec elles
J'ai les grâces de Cupidon.

LA FÊTE DU VILLAGE.

Air : *Pour dot ma femme a cinq sous.*

Tambourin et violons ,
Le ciel protège la fête ;
Quelle heureuse occasion
Pour faire un beau carillon !
    Allons, allons,
Le ciel protége la fête ;
    Allons, allons ,
Tambourin et violons.

Vite, mettons-nous en train
Et, pour l'honneur du village,
Vieux et jeunes vont, je gage,
Sauter au son du crin crin.
Ici le plaisir arrête
Plus d'un fou dont nous rirons :
Tambourin et violon,
Le ciel protége la fête ;
Quelle heureuse occasion.

Quittez cet air campagnard
Dont on se moque à la ville ;
Que le plus lourd soit habile
A prendre un maintien gaillard.
Voyez le maire en cadence !
Comme il comprend mes leçons !
  Tambourin et violons !
  L'autorité se balance.
  Quelle heureuse occasion.

La chanson attend son tour,
Non la chanson villageoise ;
Qu'elle soit tendre ou grivoise ,
Elle doit plaire en ce jour.
Loin de blâmer la licence
Des vers que nous chanterons ,
  Tambourin et violons
  Notre bon curé commence ,
  Quelle heureuse occasion.

Tiens ! la voisine Pernet
Qui descend de la montagne ;
C'est l'adjoint qui l'accompagne :
Son époux est si benêt !
Bravo ! sa main libertine

3.

L'entraîne entre deux buissons...
Tambourin et violons !
Le pied glisse à la voisine ;
Quelle heureuse occasion,

Par là j'entends un soupir...
Doucement que l'on s'avance ;
C'est Rosine, je le pense ,
Qu'à Lucas on doit unir.
Taisons-nous sur cette affaire ;
Mais plus tard nous jaserons.
Tambourin et violons !
Rosine appelle sa mère...
Quelle heureuse occasion.

Qui beugle sous cet ormeau ?
Le sonneur avec le chantre ;
Tous deux caressent le ventre
D'un gros et large tonneau.
Leur voix rauque latinise
Des versets où nous bâillons.
Tambourin et violons !
Nous pensent-ils à l'église ?
Quelle heureuse occasion.

Le bal cesse... quel malheur !
Mais près de ce chêne antique
Regardez l'air apathique,
De notre bon percepteur ;
Il médite avec prudence
Ce que demain nons saurons :
Tambourin et violons !
A demain la médisance.
Quelle heureuse occasion
Pour faire un beau carillon !
Allons, allons,
A demain la médisance ;
Allons, allons,
Tambourin et violons !

LE SYLPHE.

AIR *connu.*

J'ai quinze ans et je suis peureuse ;
Seule je languis chaque soir.
Ah ! viens sur ma couche amoureuse,
Viens, sylphe léger, viens t'asseoir !

Dès longtemps, brûlant d'être aimée,
Eugénie, au déclin du jour,
Respirant la brise embaumée,
Rêveuse s'abreuve d'amour :
Puis, animant sa mandoline,
Elle élève sa voix divine,
Et des pleurs tombent de ses yeux.
      J'ai quinze ans, etc.

Tu parfumes ta vie heureuse
De fleurs, de rosée et d'encens,
Et dans ton ivresse joyeuse,
Tu dors sur les ailes des vents.
Sous les traits que son cœur adore,
Quand l'horloge a sonné minuit,
D'une fillette vierge encore,
Ton amour sait charmer l'ennui.
      J'ai quinze ans, etc.

Des airs voluptueux génie,
Les amours sont tes favoris ;
Rapporte à la triste Eugénie,
Tous les feux dont tu te nourris.
En pressant ma bouche brûlante,
Réveille l'ardeur de mes sens,

Et de ton haleine enivrante
Inonde mes seins bondissans.
    J'ai quinze ans, etc.

Depuis que, par une nuit belle,
Je dormais et tu vins me voir,
Mon cœur, à chaque nuit nouvelle ,
Palpite d'un nouvel espoir.
L'amour est ma seule richesse,
Je sens tout mon corps s'embraser ;
Dans mes rêves, je veux sans cesse
Me tordre au feu de ton baiser.
    J'ai quinze ans, etc.

Puis, immobile à sa croisée,
La tête en ses doigts effilés ;
Son œil monte avec sa pensée
Aux cieux qui brillent étoilés.
Un sylphe entendit sa prière
Et vint embellir son sommeil,
Et le matin de bonheur fière,
Elle chantait à son réveil :

J'ai quinze ans et je suis peureuse,
Seule je languis chaque soir,
Ah ! viens sur ma couche amoureuse,
Viens, sylphe léger, viens t'asseoir.

ROMANCE.

Air de *Guido et Ginevra*

Quelle indifférence cruelle !
Rester huit grands jours sans me voir !
Seule avec ma douleur mortelle !
C'en est fait, j'ai perdu l'espoir.
Las ! mon beau rêve s'évapore
Désirs, regrets sont superflus.
Mon dieu ! faites qu'il m'aime encore,
Ou bien que je ne l'aime plus.

Avec mon cœur son cœur volage
Ne peut pas se concilier ;
Je l'aime, je crois, davantage,
Et lui va bientôt m'oublier.
S'il en est temps, je vous implore,
Fixez ses vœux irrésolus.
Mon dieu, faites qu'il m'aime encore,
Ou bien que je ne l'aime plus.

De son amour enorgueillie,
Le bonheur servait ma beauté ;
Par le chagrin déjà vieillie,
J'offenserais sa vanité :
C'est la jeunesse qu'on adore,
Et j'ai vingt-cinq ans révolus !
Mon dieu ; faites qu'il m'aime encore,
Ou bien que je ne l'aime plus.

Vains efforts, prière impuissante !
Tout me dit qu'il trahit sa foi,
Mais, ô faiblesse d'une amante !
Je ne sais acuser que moi.
Quel est mon crime ? je l'ignore...
Il souffrait tant de mes refus !
Mon dieu, faites qu'il m'aime encore,
Ou bien que je ne l'aime plus.

Je l'entends... le ciel me l'envoie...
Il vient... serait-il vrai ?.. c'est lui...
Cachons mes larmes sous ma joie,
Qu'il me trouve belle aujourd'hui.
Bien ; mon visage se colore,
Et mes sens sont moins abattus...
Mon dieu, faites qu'il m'aime encore,
Je mourrai s'il ne m'aime plus.

AMOUR ET CONSTANCE.

AIR : *Les lauriers sont en fleur.*

Pourquoi me demander, avec des yeux humid
Si je suis inconstant, si je t'aime toujours?
Tu me mets donc au rang de ces hommes perfi
Qui foulent à leurs pieds les plus pures amo
Oh! non, va, ne crains rien! si tu veux pour l
Détruire le soupçon qui paraît t'alarmer,
Consulte mes penchans, et dis-moi mon ami
    Si je puis cesser de t'aimer.

Je hais cette beauté qui sans honte se livre
A celui dont la main sait le mieux jeter l'or
Je hais ce frais minois qui souvent nous enivr
Mais dont le cœur toujours auprès de
    s'endort.
J'aime un visage ouvert, gai, plein de bonho
A celle que l'amour a seul pu désarmer.
Consulte ton miroir, et dis-moi, mon amie,
    Si je puis cesser de t'aimer.

J'aime ces doux instants où deux bouches s'entr'ouvrent
 Pour aspirer le feu qu'un baiser verse au cœur ;
J'aime ces doux combats que deux blancs rideaux couvrent,
Où chacun crie : assez !..... où chacun est vainqueur.
J'aime après une lutte, en mes bras endormie,
Voir celle que tout haut Dieu défend de nommer.
Consulte ton alcôve, et dis-moi, mon amie,
 Si je puis cesser de t'aimer.

J'aime à me rappeler ce temps où ma jeune âme
S'ouvrait, vierge plaintive, au souffle de l'amour ;
Près de moi je voyais, sous les traits d'une femme,
Un ange descendu de la céleste cour.
Du pauvre mendiant la voix mal affermie,
Toujours pour le bénir semblait se ranimer.
Consulte ton bon cœur, et dis-moi, mon amie,
 Si je puis cesser de t'aimer.

LE PIED ET LA TÊTE.

AIR *de la Poupée*. (Gymnase).

Tout se tient, s'enchaîne ici-bas.
Voyez cette jeune fillette :
Un galant la suit pas à pas,
Elle sourit à la fleurette.
Vous serez, dit-il, ma moitié,
Vos beaux yeux ont fait ma conquête.
La pauvrette glisse, et son pié
A bientôt emporté la tête.

La légende me plaît beaucoup :
J'admire ce saint personnage
Qui se laissa couper le cou
En faisant un pélerinage.
On dit que peu mortifié
De cette action malhonnête,
Il n'en trotta pas moins à pié
En portant dans la main sa tête.

A table je vois deux époux,
En tiers est le cousin d'usage ;
Le bon mari n'est pas jaloux,
La femme n'est rien moins que sage.
Sur le tableau de l'amitié
L'œil de l'observateur s'arrête :
Quand l'amant presse un petit pié
L'époux gratte sa grosse tête.

Casimir n'a jamais été
A l'école de nos macaires ;
Avec sagesse et probité
Ce commerçant fît les affaires.
Le destin l'a gratifié
D'une fortune très honnête :
N'ayant jamais levé le pié,
Il peut partout lever la tête.

De bonheur voyez tressaillir
Ce gourmand aux lèvres avides !
Son ventre ne peut se remplir,
C'est le tonneau des Danaïdes !
Sur un pauvre veau, sans pitié
Son appétit se met en quête :
D'une main il saisit le pié,
Et de l'autre il saisit la tête.

Ma chanson est un composé
De choses très spirituelles,
Le sujet n'en est point usé
Et les rimes en sont fort belles.
Vous riez : Est-ce de pitié?
Craignez d'amener la tempête !
Je ne me mouche pas du pié,
Et près du bonnet j'ai la tête.

DITYRAMBE BACHIQUE.

AIR : *Je commence à m'apercevoir.*

Je chante en joyeux troubadour
Près de gentille Rose,
Ce nectar dont m'arrose
La main lutine de l'amour.
Jamais nos belles
Ne sont rebelles
Lorsqu'en chantant nous triquons avec
elles ;

Mais en buvant sur nos genoux
Elles se roulent avec nous
En redisant : Versez ce jus si doux !
Que le bon vin s'entonne !
Armons-nous dès l'automne
D'un gobelet large comme une tonne.

Lorsque je bois mon petit coup,
Je voudrais pour ma gloire
Que le Rhône et la Loire
Pussent me passer par le cou
Et que mon ventre
Fût comme un antre
Vide toujours, où toujours le vin entre ;
Par Bacchus, j'aimerais à voir
Le Mâcon, le Beaune pleuvoir,
Si l'Océan était mon réservoir.
Que le bon vin s'entonne ! etc.

Je voudrais joyeux biberon
Quand mon gosier s'altère
Que sur toute la terre
Tout homme se fît vigneron.
Pour la vendange
Que l'on arrange
Tout en cellier : maison, remise, grange ;

4.

Pour boire du matin au soir,
Chacun en rond venant s'asseoir,
Les magistrats siégeront au pressoir.
Que le bon vin s'entonne ! etc.

Mes amis, est-il étonnant
Quand ici-bas tout vire,
Que parfois je chavire
En foulant ce globe tournant,
Et d'ailleurs ivre
Il fait bon vivre,
Au gai plaisir l'âme heureuse se livre,
La vie est un triste chemin
Où, dans l'espoir d'un lendemain,
Le voyageur s'engage un verre en main.
Que le bon vin s'entonne ! etc.

Lorsqu'au sombre bord emporté
J'aurai clos la paupière,
Je veux griser saint Pierre
Aux portes de l'éternité,
Et qu'il commence
Une romance
Quand il aura vidé sa coupe immense,
Je veux qu'enfin ce bon portier
Abandonne son vieux métier

Et que des cieux il soit le sommelier
  Que le bon vin s'entonne !
  Armons-nous dès l'automne
D'un gobelet large comme une tonne.

CHACUN S'AMUSE A SA MANIÈRE.

AIR : *J'ai fréquenté jusqu'à présent.*

Mon voisin trouve le plaisir
En racontant de vieux faits d'armes ;
Sa femme sait se divertir
Au spectacle en versant des larmes ;
La mienne est heureuse cent fois,
En marmotant une prière,
Et moi je jouis quand je bois :
Chacun s'amuse à sa manière.

Les dimanches et les lundis,
Le faubourien, à la guinguette,

Pour chercher querelle aux dandys,
Se met un peu plus qu'en goguette.
S'il n'a pas roulé, pataugé
Dans la crotte ou dans la poussière,
Il peste comme un enragé :
Chacun s'amuse à sa manière.

Chargé de lignes et d'appâts,
Paul, dans l'eau jusqu'à la ceinture,
Avant le jour se rompt les bras
Pour attrapper une friture ;
Le soir, s'il apporte, parfois,
Trois goujons à sa cuisinière ;
Il est tout fier de ses exploits :
Chacun s'amuse à sa manière.

Un amateur d'antiquités,
Grelottant sur une paillasse,
Se disait, les yeux arrêtés
Sur les débris d'une cuirasse :
« Je vais mourir faute de pain,
» Mais je possède tout entière
» L'armure du bon roi Pépin ! »
Chacun s'amuse à sa manière.

Afin de se faire choyer
Par quelques filles généreuses,
Un sot feignait de se noyer
Près d'un bateau de blanchisseuses.
Sans accident il se jeta
Trois fois de suite à la rivière ;
La quatrième il y resta :
Chacun s'amuse à sa manière.

LE VOISIN ET LA VOISINE.

AIR : *Je me venge de deux époux.*

L'oreille auprès d'une cloison,
Est-ce donc grande inconséquence ?
J'écoute, et vous parle raison :
Eh ? quoi, vous gardez le silence ?
Dormez-vous ? Non, vous m'entendez ;
Pour Dieu, voisine, répondez :
    — Voisin, point d'hélas!
Il est minuit de la prudence !
    Voisin, point d'hélas!
Mon mari dort, parlez plus bas.

Dans votre chambre, chaque jour,
De la mienne je vous observe.
Pour ne plus vous parler d'amour,
Votre époux n'a donc plus de verve?
A son âge, un pareil affront
Devrait être écrit sur son front!
     — Voisin, point d'hélas!
Pour sa vieillesse il se réserve;
     Voisin, point d'hélas!
Mon mari dort, parlez plus bas.

Vénus de mon sexe, dit-on,
Par un arrêt incontestable,
Veut qu'on se venge : elle a raison;
Un jeune époux doit être aimable;
Mais pour suivre un arrêt si doux,
Voisine, me choisirez-vous?
     — Voisin, point d'hélas!
Oui, si votre ardeur est durable :
     Voisin, point d'hélas!
Mon mari dort, parlez plus bas.

Je vous aperçus l'autre soir,
Vous allez vous fâcher peut-être;
Mais c'est le reflet d'un miroir
Qui devant moi vous fit paraître :
     Que d'attraits! quel sein fait au tour!

Tout en vous respirait l'amour...
    — Voisin, point d'hélas !
Je vous savais à la fenêtre,
    Voisin, point d'hélas !
Mon mari dort, parlez plus bas.

Voisine, pour vous dire un mot,
Preuve du désir le plus tendre,
C'est un seul instant qu'il me faut ;
De plus près pouvez-vous m'entendre ?
La cloison cause mon dépit ;
Ouvrez-moi... J'aurai sitôt dit !
    — Voisin, point d'hélas !
Nous serions mal il faut attendre ;
    Voisin, point d'hélas !
Mon mari dort, parlez plus bas.

Le bras sur la rampe appuyé,
L'œil au guet, le corps à la gêne,
Voisine, j'ai trop supplié,
Ouvrez, je me soutiens à peine...
Tous mes muscles sont si tendus
Que sur l'honneur je n'y tiens plus.
    — Voisin point d'hélas !
Entrez, le plaisir vous amène.
    Voisin, point d'hélas !
Mon mari dort, parlez plus bas.

LA FAUSSE INDIFFÉRENCE.

AIR *du Destrier.*

Je ne suis plus l'ami de Lise :
Son cœur a su se dégager.
Loin d'avoir peur qu'on le redise,
Je l'apprends à chaque berger.
Par une aimable indifférence
Je sens mes transports abattus ;
Je trouve un charme dans l'absence,
Mais j'aime encore sa présence,
Et pourtant je ne l'aime plus.

Lorsque je vais dans le bocage
Respirer le parfum des fleurs,
Je ne songe plus au corsage
Que j'ornais de mille couleurs.
Ma flûte n'est plus amoureuse,
Les airs de Lise sont perdus ;
Mais dessus la branche mousseuse,
L'oiseau rend mon âme rêveuse !
Et pourtant je ne l'aime plus.

Hier encor sur la fougère,
Je la vis au déclin du jour,
Près du noisetier solitaire
Où j'avais gravé notre amour.
Mon œil ne suivait pas la belle :
Mon cœur avait pris le dessus ;
Mais quand Lucas s'approcha d'elle,
Des pleurs mouillèrent ma prunelle ;
Et pourtant je ne l'aime plus.

LE BONHEUR DES CHAMPS.

AIR : *A toi pauvre petite.*

Fuyons, fuyons la ville
Et ses plaisirs trompeurs,
On est bien plus tranquille
Loin de la ville
Au doux pays des fleurs.

A la ville on s'ennuie,
Toujours mêmes désirs ;
Mais aux champs se varie
Le tableau des plaisirs.

5

Surtout quand la nature,
Aux beaux jours du printemps,
Ramène la verdure
Sur nos côteaux brillants.
    Fuyons, etc.

Ici, quoiqu'on en dise,
Libre l'on n'est jamais,
Nous le serons, Elise,
Au sein d'un bois épais.
La crainte sous l'ombrage
Cède à la volupté :
Chaque arbre est au bocage
L'arbre de liberté.
    Fuyons, etc.

Au cercle où vient se rendre
L'étiquette aux grands airs,
La lyre fait entendre
D'harmonieux concerts.
Sans regrets, sans envie,
Fuis ce brillant salon,
Vaut mieux la mélodie
Des oiseaux du vallon.
    Fuyons, etc.

Laisse pour la coquette
D'inutiles atours :
Préfère à sa toillette
Le tissu des amours.
Une gaze légère
Sous des berceaux fleuris,
Toujours a su mieux plaire
Que l'or et les rubis.
     Fuyons, etc.

Lorsque la politique
Ardente glosera,
Sous un abri rustique,
La paix nous sourira.
Si je parle d'empire,
Elise, mon seul bien,
Ce sera pour te dire
Que j'adore le tien.
     Fuyons, etc.

En fuyant l'opulence
Pour la première fois,
Tu redoutes d'avance
L'exil riant des bois ;
Mais l'heure y coule vite,

Sans peine et sans chagrin,
La nuit se précipite
Qu'on se croit au matin.
Fuyons, etc.

Objet de tant d'ivresse,
Tu combles tous mes vœux ;
Je t'aimerai sans cesse,
Et pour fuir de ces lieux :
Il faudrait, mon amie,
Que, surpris par l'écho,
Le cri de la patrie
Retentît au côteau.
Fuyons, etc.

LE TORRENT ECUMEUX.

AIR : *Solitaire réduit.*

Le ciel est pur, et le vent orageux
N'agite plus le pin de la montagne,
Mais du torrent les flots impétueux

Avec fracas roulent dans la campagne.
Viens, ma Zaphné, dans ces sauvages
    lieux.
Le doux printemps t'offre encore un asile :
Viens, ma Zaphné, sous un ciel plus
    tranquille,
T'asseoir au bord du torrent écumeux.

Sans le donner, promets-tu le bonheur,
Baiser d'amour, dont le feu me dévore ?
Le flot rapide entraîne cette fleur,
Fleur de beauté passe plus vite encore.
A couronner le plus doux de mes vœux,
Belle Zaphné, quoi ! ton amour hésite :
Songes-y bien, le temps se précipite
Comme les flots du torrent écumeux.

Ange d'amour, ange de volupté,
Pour ton amant ta présence chérie
Fait d'un désert un séjour enchanté ;
Seul avec toi je veux couler ma vie.
Fille charmante, en sons mélodieux,
Fais retentir ta voix flexible et tendre.
Qu'elle me plaît ! ah ! que j'aime à l'en-
    tendre
S'unir au bruit du torrent écumeux.

5.

Mais tu souris, tu ne te défends plus,
Ta bouche cède au baiser que j'implore ;
Dans un baiser expire ton refus,
O, ma Zaphné, que peux-tu craindre
     encore ?
Hors ces ramiers, comme nous amoureux,
Nous sommes seuls dans toute la nature :
De tes soupirs se perd le doux murmure
Dans le fracas du torrent écumeux.

VIN VIEUX ET JEUNES AMOURS.

AIR *d'une contredanse.*

Du vin vieux, des jeunes amours !
     Leur présence
     Endort la souffrance,
Le vin vieux, les jeunes amours
Font oublier les mauvais jours.

Foin du censeur ! et sans retour
Oublions sa vaine jactance,

Puisqu'au banquet de l'existence
Le plaisir offre tour à tour :
Du vin vieux, etc.

De plus d'une déception
Préservons nos âmes craintives ;
Sachons toujours, prudens convives,
Borner là notre ambition.
Du vin vieux, etc.

En dépit de l'esprit mutin,
Qui veut envahir son domaine,
Dieu permet à l'espèce humaine
De retrouver chaque matin,
Du vin vieux, etc.

Sur terre bornant notre essor,
Près de lui si Dieu nous rappelle,
C'est qu'en sa demeure éternelle,
Pour nous, amis, il est encore
Du vin vieux, etc.

Avec effort l'humanité
Du mal cherche à combler l'abîme;
Pour aider à l'œuvre sublime
Demandons à la volupté
Du vin vieux, etc.

Pour ne pas jouir qu'à moitié,
Puissé-je, au gré de mon envie,
Trouver jusqu'au soir de ma vie,
Unis à la douce amitié,

Du vin vieux ! des jeunes amours !
Leur présence
Endort la souffrance.
Le vin vieux, les jeunes amours,
Font oublier les mauvais jours.

oooooooo

L'AMOUREUX EN PANTOMIME.

Air *de M. Paul Henrion*.

Depuis qu'on vous a fait m'écrire
Pour vous déclarer mon futur,
Vous pressez ma main sans rien dire ;
C'est un entretien très obscur.
En vain un sentiment bien tendre
Pour moi semble vous animer,
Je ne puis juger sans entendre
A quel point vous savez m'aimer.

Celui qui peint le mieux sa flamme
Est, dites-vous, le moins épris ;
Le plus doux langage de l'âme
N'est qu'une étude, un rôle appris.
Pourtant j'éprouve un charme extrême
Quand l'amour sait bien s'exprimer.
Dire avec esprit « Je vous aime ! »
Double encor le bonheur d'aimer.

Jamais vous ne cherchez à plaire
En disant de gracieux riens ;
Mais, quand il s'agit de se taire,
Vous abusez de vos moyens.
A ce majestueux silence
Je ne saurais m'accoutumer,
Il me faut un peu d'éloquence,
Dussiez-vous parler sans aimer.

LA PRÉVOYANCE.

Air *du Pénible service.*

Assez longtemps, en joyeux sans-souci,
J'ai fait sauter ma vaisselle de poche :
J'étais garçon ; mais demain, dieu merci,
J'épouse Lise, et Lise est sans reproche.
Que parmi vous, messieurs, plus d'un
      vaurien
Lance sur moi la maligne épigramme ;
Pour s'amuser qu'il mange tout son bien,

Moi, maintenant, qui n'ai presque plus
    rien,
  Je le conserve pour ma femme.

Dans nos salons, comme au quartier latin,
Grâce au progrès qui tous nous émancipe,
Le bon ton veut que le sexe lutin
Fume aujourd'hui son cigarre ou sa pipe.
O, mes amis, que je serais flatté
Si ma moitié singeait la grande dame !
Aussi quelqu'un, l'autre jour, m'a prêté
Un brûle... bouche assez bien culotté :
  Je le conserve pour ma femme.

Ma vieille tante, en mourant, m'a laissé
Un sansonnet pour unique héritage ;
Un savetier m'en offrait, l'an passé,
Trois francs dix sous sans exiger la cage.
Vendre un oiseau qu'on m'apporta du
    Pecq,
Pour le priver du peu d'air qu'il réclame,
Oh ! non, jamais ! c'est bon pour un cœur
    sec ;
Il dit si bien : « Veux-tu taire ton bec ! »
  Je le conserve pour ma femme.

J'avais, jadis, un caniche à poil ras,
Et vous savez si l'espèce en est rare ;
Nous nous aimions, mais un matin, hélas !
Mon chien se noie au milieu d'une mare.
Les souvenirs parfois savent toucher :
Il m'en reste un de mon pauvre Pyrame.
C'est un gourdin que j'ai soin de cacher,
Qui l'empêcha bien souvent de broncher.
    Je le conserve pour ma femme.

En visitant mon trousseau, lundi soir,
J'ai retrouvé, sous une vieille veste,
Un drap de lit qu'un jour de désespoir
Je préparai dans un dessein funeste.
Son aspect seul peut, je crois, attendrir
Tel qui rirait au dénouement d'un drame.
Il était là tout prêt à me servir,
Non pour coucher, mais pour m'ense-
    velir.
    Je le conserve pour ma femme.

MATHILDE.

AIR *du Voyageur égaré*.

Que Mathilde est jolie !
Je la vis l'autre jour.
Auprès d'elle j'oublie
L'objet de mon amour.
Sur un coursier rebelle
Je la vis s'élancer :
A cheval qu'elle est belle !
Si belle, si belle,
Qu'on devient infidèle
En la voyant passer.

A l'autel de Marie,
Je la vis à genoux ;
Et du Dieu qu'elle prie
Je me sentis jaloux.
Sur la pierre auprès d'elle
Je vins m'humilier :
En priant qu'elle est belle !

6

Si belle, si belle,
Qu'on devient infidèle
En la voyant prier.

Au bal je l'ai revue,
Le front paré de fleurs,
Et sa grâce ingénue
Enchaînait tous les cœurs.
Là, comme une gazelle
Je la vis s'élancer.
En valsant qu'elle est belle !
Si belle, si belle,
Qu'on devient infidèle
En la voyant valser.

Ce n'est pas tout encore :
Les plus tendres accents
De celle que j'adore
Ont enivré mes sens.
Sa voix brille, étincelle :
On n'y peut résister.
En chantant qu'elle est belle !
Si belle, si belle,
Qu'on devient infidèle
En l'écoutant chanter.

LE BONHEUR ET L'ESPÉRANCE.

Air : *Laissez reposer le tonnerre.*

L'homme se plaint de la fatalité :
A-t-il raison ? moi je crois qu'il s'abuse ;
De son esprit la versatilité
Seconde puissamment le destin qu'il
    accuse.
Vers le bien-être il marche avec ardeur,
Mais par nature enclin à l'inconstance,
    Souvent il quitte le bonheur
    Pour courir après l'espérance.

Libre d'ennui, dans l'état mitoyen,
Armand disait en quittant sa province :
A mes désirs il ne manquerait rien
Si j'obtenais un rang ou la faveur du
    prince.
L'ambitieux au sein de la grandeur
Ne rencontra que haine et dépendance :

Devait-il quitter le bonheur
Pour courir après l'espérance?

A dix-huit ans, d'un jeune industriel,
Marie était l'heureuse ménagère,
Lorsque soudain l'offre d'un riche hôtel
Vint lui montrer un sort qu'elle crut plus
prospère.
Fruit du remords, à travers sa splendeur
Ses traits flétris attestent la souffrance :
C'est qu'elle a quitté le bonheur
Pour courir après l'espérance.

Eh quoi! du bal en vain l'heure a sonné,
Tu ne viens pas? disait Claire à Palmire,
Qui doucement berçait son premier né,
Et par de longs baisers provoquait son
sourire.
— Non, non, sans moi tu peux danser,
ma sœur,
Et dans l'éclat chercher la jouissance.
Je ne quitte pas le bonheur
Pour courir après l'espérance.

En exerçant un état lucratif,
Paul se livrait à son goût poétique;
Quelques succès, prix d'un génie actif,
Firent poindre à ses yeux un siége acadé-
     mique.
Adieu repos, plaisirs, amis du cœur !
Il s'éteignit, las de persévérance.
    Devait-il quitter le bonheur
    Pour courir après l'espérance?

En vain le cœur veut se régénérer
Quand le printemps a fait place à
    l'automne;
Comme à l'enfant qu'on entend soupirer,
L'amour à l'âge mûr promet plus qu'il ne
    donne.
Douce amitié, ton charme séducteur
Depuis longtemps me dit : par prévoyance
    Ne quitte jamais le bonheur
    Pour courir après l'espérance.

****

LES DISCIPLES DE BACCHUS.

Air : *Et gloire au père du raisin.*

Gloire à jamais à notre divin maître !
Ouvrez les yeux, incrédules mortels ;
A sa doctrine accourez vous soumettre,
Pour l'adorer nous dressons des autels·

Gloire à Bacchus ! célébrons sa puissance,
   Il répand sur nous ses faveurs ;
Gais sectateurs d'une même croyance,
   Buvons au père des buveurs.

Plus de martyrs en proie au saint-office,
Et vous l'écho d'oracles imposteurs,
Plus d'holocauste ; en joyeux sacrifice,
Au dieu du vin nous brûlons nos liqueurs.

Gloire, etc.

Prêchons partout notre philosophie,
Vive lumière aux rayons éclatans !
A notre culte heureux qui se confie,
Convertissons jusqu'aux mahométans.
Gloire, etc.

Le fanatisme a dépeuplé la terre ;
De sang, amis, loin de souiller nos mains,
Versons du vin : en buvant à plein verre
Nous chérirons doublement les humains.
Gloire, etc.

Venez chanter avec nous ses louanges,
Fuyez l'ennui, misanthropes rêveurs :
Venez presser la grappe des vendanges,
Qui de son jus régénère les cœurs.
Gloire, etc.

Plus de soupirs ; l'amitié nous rallie,
Narguons l'amour et ses traits séducteurs.
Enivrons-nous. Si l'ivresse est folie,
Du fol hymen elle nous rend vainqueurs.
Gloire, etc.

Grâce au nectar dont sa main bienfaisante
Avec largesse a doté l'univers,
Au vrai bonheur dont la route est glissante
Nous arrivons en marchant de travers.
Gloire, etc.

LE BON CURÉ.

Air : *Accourez, garçons et fillettes.*

Chers enfans, dansez sous l'ombrage,
Au son joyeux du tambourin ;
Le curé de votre village
Veut aujourd'hui vous mettre en train.

Triste et souffrant, le vieux Jérôme,
Dont la place est vide au lutrin,
Ne veut pas que la danse chôme,
Il m'a prêté son tambourin.
Chers enfans, etc.

Le plaisir, ce dieu charitable,
Est vraiment un enfant du ciel ;
Je puis donc sans être coupable
Encenser aussi son autel.
Chers enfans, etc.

Mon respect pour la sainte église
Est connu ; mais en vérité,
La danse peut être permise,
J'en atteste un dieu de bonté !
Chers enfans, etc.

L'arbre du travail a des branches
Dont les fruits causent bien des pleurs,
Après vêpres, tous les dimanches,
On peut bien essuyer ses pleurs.
Chers enfans, etc.

A plus d'une misère humaine
La danse épargne un lendemain :
Le cœur peut-il garder de haine
Quand on se sent presser la main !
Chers enfans, etc.

Certain d'en apprendre à confesse
Jusqu'aux détails minutieux,
Sur chaque amoureuse faiblesse
J'aurai soin de fermer les yeux.
Chers enfans, etc.

Mais en ce jour, pasteur coupable,
Si ma bonté trompe ma foi,
Du péché je suis responsable...
Eh bien ! vous prierez Dieu pour moi.
Chers enfans, etc.

Pour rassurer ma conscience,
Oh ! dans votre douce gaîté
Je remarque avec confiance
L'aveu de la divinité.

Chers enfans, dansez sous l'ombrage,
Au son joyeux du tambourin ;
Le curé de votre village,
Veut aujourd'hui vous mettre en train.

UNE DESCENTE D'ÉPICURIENS A BAGNOLET.

Air : *Amans, agissez sans façon.*

Vite saisissons
Les flacons,
Les canelles,
Les écuelles.
Mettons tout à sec, de l'ardeur !
Amis, la vigne a passé fleur !

Nos vignerons dont les caveaux
Sont encor pleins d'un doux liquide,
Pour y placer les vins nouveaux
Voudraient voir chaque tonne vide.
Enfans d'Epicure, courons
Contenter nos bons vignerons.
Vite saisissons, etc.

Père Grindorge, à Bagnolet,
Qui pour nous est une ressource,
Ne nous prendrait pas au collet
S'il voyait à sec notre bourse ;
Père Grindorge nous a dit :
Buvez toujours, je fais crédit.

     Vite saisissons, etc.

Dans les salons d'une cité
Laissons nos romanciers moroses ;
Loin d'eux nourrissons la gaîté,
Sous les pampres et sous les roses :
C'est là qu'un dieu pour nos loisirs
Plaça le berceau des plaisirs.

     Vite saisissons, etc.

A Bagnolet, buveurs chéris,
De ses faveurs montrons-nous dignes :
Quand le soir nous le quittons gris,
Souvent nous tombons dans les vignes.
Puisqu'aux vignerons cela nuit,
Chez eux, plutôt, passons la nuit.

     Vite saisissons, etc.

S'il arrivait qu'avant le temps
Où la vendange sera faite,
Près d'attrister nos doux instans,
Bagnolet manque de piquette,
Pour oublier ce triste écueil,
Nous irons exploiter Montreuil.

Vite saisissons, etc.

Enfin s'il arrivait encore
Qu'en ce pays quelques entraves
Nous fissent tôt prendre l'essor,
Après avoir vidé ses caves,
Nous irons visiter gaîment
Les caves du département!

Vite saisissons
Les flacons,
Les canelles,
Les pots, les écuelles.
Mettons tout à sec : de l'ardeur !
Amis, la vigne a passé fleur !

LA PRIERE A LA MADONE.

AIR : *Fleur des champs, brune,* etc.

Vers toi je viens, sainte Madone,
Me prosterner à deux genoux,
De fleurs t'offrir une couronne
En échange d'un tendre époux.

Pauvre fille, sur cette terre,
Sans un appui, sans protecteur,
Je n'entrevois que la misère,
Et l'avenir glace mon cœur.
Le jour, hélas ! où la lumière
De son éclat frappa mes yeux,
La mort ferma ceux de ma mère
Qui sans doute repose aux cieux.

Vers toi, etc.

Je t'ai promis, dès ma jeunesse,
De marcher dans le droit chemin,
Et tu m'as dit que la sagesse
Menait au temple de l'hymen.
Le jour est venu, je l'espère,
Car je compte seize printemps :
Pour voir exaucer ma prière
Faut-il attendre encor longtemps.

Vers toi, etc.

J'ai remarqué dans le village
Un jeune pâtre au doux regard.
Fut-il conduit sur mon passage
Par l'amour ou par le hasard ?
En toi j'ai mis ma confiance ;
Dis-moi, sans craindre ma douleur,
S'il faut sourire à l'espérance,
S'il faut renoncer au bonheur.

Vers toi, etc.

Son nom je ne puis te le taire ;
Pour toi je n'ai pas de secret.
Echo, ne dis pas ce mystère !
Bien plus que moi reste discret !...
Mais que vois-je ? l'épais feuillage

S'entrouve... Dieu! quel doux effroi!
Et mon amant sur ton image
Fait serment de n'aimer que moi.

Merci, merci! sainte Madone,
Je te rends grâce à deux genoux;
Car c'est ta bonté qui me donne
Celui que j'aime pour époux.

LA CHAUMIÈRE.

AIR *de la Veille et du Lendemain.*

Élevez, mortels orgueilleux,
Des monuments comme vous périssables,
Et narguez la foudre des dieux,
Vous les faibles jouets des destins impla-
cables.
Le temps qui rit de vos projets,

Doit en passant balayer la poussière :
  Sa faux renverse le palais
  Comme la modeste chaumière.

  Fuyant le faste de sa cour,
Et des flatteurs l'ennuyeuse présence,
  Henri consacrait plus d'un jour
A visiter son peuple, à calmer sa souffrance ;
  Du citadin, du villageois,
Grand sans orgueil, il fut toujours le
      père :
  Michau vit le meilleur des rois
  A table assis dans sa chaumière.

  A la danse, sexe léger,
Riche d'atours qu'inventa l'artifice,
  Sur tes cheveux fais voltiger
D'un bouquet chargé d'or l'élégance factice.
  Une fleurette à l'abandon,
Fixée au sein de naïve bergère,
  Me plaît mieux quand, sur le gazon,
  Bondit l'enfant de la chaumière.

  Lisette, oh ! ne le quitte pas
L'humble réduit, témoin de ton enfance :

De nos cités, pour tes appas,
Redoute le prestige et l'impure influence !
On te dit belle ; ah ! pauvre enfant,
Veux-tu toujours briller vive et légère ?
Du hameau reste l'ornement,
N'abandonne pas ta chaumièac.

Jamais libre et l'œil soucieux ;
Sous les lambris qu'un vain luxe décore,
Plus d'un Crésus, las d'être heureux,
Promène un sombre ennui dont le feu le
dévore ;
Mais aux champs la vive gaîté
Vient émousser les traits de la misère :
Du moins un peu de liberté
Se trouve au sein d'une chaumière.

COUPLETS CHANTÉS DANS UN BANQUET.

AIR *des Satyres*.

Entonnons, entonnons,
Un hymne de louanges,
Pour le dieu des vendanges,
Pour celui des amours.

Hiver, ta piquante froidure
Chez nous en vain se fait sentir,
Une amitié constante et pure
Nous conduit au sein du plaisir.
A ton gré ravage les plaines,
Qu'à leur gré soufflent les autans :
Le feu que respire nos chants
Réchauffe le sang de nos veines.

    Entonnons, etc.

O toi dont la voix ravissante,
Sexe chéri, charme nos cœurs,
Crois que notre muse décente
Jamais ne te feras frayeur.
A la beauté toujours fidèles,
Nous ne chantons que ses exploits :
Et nous consacrons notre voix
A fêter même les cruelles.

    Entonnons, etc.

Un doux cristal plein d'ambroisie
Et jeune fille au gai minois,
Font le charme heureux de la vie
Et subjuguent même les rois.
Du jus pétillant de la treille

Enivrons-nous avec transport,
Si le vin parfois nous endort,
Baiser de femme nous réveille.

Entonnons, etc.

A MON AMI.

AIR : *Merci, mon Dieu*, etc.

Lassé d'un monde où tout est perfidie,
J'errais partout, poursuivant le bonheur.
Au loin brillait son étoile chérie,
Etais-je au but? ce n'était qu'une erreur.
Je succombais à mon cruel martyre ;
Mais le hasard me rangea sous ta loi,
Et le bonheur vint soudain me sourire !
    Le ciel l'avait mis près de toi.

Je vis alors fuir les nuages sombres
Qui sur mon front grossissaient chaque
        jour,
Et le soleil vint succéder aux ombres ;

Qui m'éclaira ? C'est un rayon d'amour...
Un calme heureux, dans mon âme
      inquiette,
Vint remplacer la tristesse et l'effroi,
Mon médecin, ce fut toi, Juliette ;
    Car si j'existe, c'est par toi.

C'est à Paris surtout qu'un sexe aimable,
Etend sur nous ses filets amoureux,
C'est à Paris qu'un minois agréable
Vient essayer le pouvoir de ses yeux.
Dans cette ville où fourmillent les belles,
Si quelque femme approche près de moi,
Pour l'éviter mon amour a des ailes ;
    La seule que j'aime c'est toi.

Plus d'une voix tendre et mélodieuse
Sait captiver et l'esprit et le cœur :
A ces accents l'âme devient rêveuse
Et l'on éprouve une douce langueur.
Si quelquefois mon oreille attentive
Ecoute un chant qui me met en émoi,
Oh ! je sais bien d'où le charme m'arrive !
    C'est que la romance est de toi.

L'ambitieux sur cette pauvre terre,
Croit qu'un peu d'or rend les mortels
    heureux.
A mon avis, l'or est une chimère,
Un plus doux bien est l'objet de mes
    vœux.
Que l'insensé séduit par l'opulence
Devienne riche à la chaîne d'un roi...
Je me croirais au sein de la puissance
    Dans une chaumière avec toi.

Auprès de toi sont toutes les richesses ;
Te posséder vaut les plus beaux trésors.
Pour me lasser de tes tendres caresses
Le temps ferait d'inutiles efforts.
Le seul souhait dont mon cœur s'entre-
    tienne
C'est, quand sur nous sonnera le beffroi,
Qu'en reposant ma bouche sur la tienne,
    Je puisse mourir avec toi.

JE T'AIMERAI TOUJOURS.

AIR : *Le naturel ne s'efface jamais.*

Sombre et rêveur avant de te connaître,
Les pleurs toujours mouillaient mes
    tristes yeux ;
Mais un beau jour quand je te vis paraître,
Soudain mon cœur ne fut plus soucieux.
A mes chagrins, à ma mélancolie,
Vint succéder l'espoir des plus beaux
    jours ;
Et je repris une nouvelle vie...
Ange si doux je t'aimerai toujours.

Je te dois tout ; de ma longue souffrance
Ton âme tendre a calmé la douleur :
Dans tes regards j'ai puisé l'espérance,
Et dans tes bras j'ai trouvé le bonheur !

Quand sur ton sein doucement tu me
    presses,
De voluptés m'enivrent les amours,
Et je me meurs sous tes vives caresses...
Ange si doux, je t'aimerai toujours.

Rappelle-toi ces nuits délicieuses
Où notre corps frémissait de plaisir,
Où jusqu'au jour nos bouches amoureuses
En se joignant faisaient naître un désir.
L'amour alors planait sur notre tête,
Et pour l'éclat qui brille dans les cours
Nous n'aurions pas cédé notre couchette.
Ange si doux, je t'aimerai toujours.

En traits de feu, crois-le bien, mon amie,
Ta chère image est gravée en mon cœur.
Va, ne crains pas que jamais je t'oublie :
Pourrais-je, hélas ! devenir un trompeur.
Pour t'adorer sans cesse je veux vivre ;
Car tes baisers sont un puissant secours
Contre le sort actif à me poursuivre.
Ange si doux, je t'aimerai toujours.

OH! LAISSEZ-MOI L'AIMER ENCOR.

AIR : *Quittez cette sombre tristesse.*

Chacun me dit : « d'amour brise la
   chaîne,
» Cours avec nous de plaisir en plaisir :
» Renonce enfin à ce feu qui t'entraîne,
» C'est trop long-temps soupirer et
   languir.
» Aimer ainsi, crois-le bien, c'est folie,
» Loin de ta belle enfin prends ton essor. »
—Moi je réponds : Plutôt quitter la vie...
   Oh ! laissez-moi l'aimer encor.

C'est le plus dur de tous les sacrifices
Que vous puissiez commander à mon
   cœur :
Ah ! laissez-moi des plus chères délices

Goûter encor l'éternelle douceur.
Auprès de moi j'ai tout ce que j'envie,
Une âme aimante un précieux trésor.
Moi, l'oublier? plutôt quitter la vie...
  Oh! laissez-moi l'aimer encor.

Lorsque mes pleurs coulent en abon-
    dance,
Sa douce main les tarit dans mes yeux :
Quand sur mon front repose la souf-
    france,
Elle sourit, et je suis tout joyeux.
Quand je me livre à la mélancolie,
Elle me touche... et le plus gai transport,
Bientôt au loin chasse ma rêverie.
  Oh! laissez-moi l'aimer encor.

Courez, amis, courez troupe volage
De vos baisers poursuivez chaque fleur :
Courez, courez, moi, je veux être sage,
En vous suivant je fuirais le bonheur.
De mille maux l'inconstance est suivie,
Usez vos jours et prodiguez votre or.
Quitter mon bien ! Plutôt quitter la vie.
  Oh! laissez-moi l'aimer encor.

Que je vous plains ! vos idoles de fange
Vous vendent cher quelques baisers
    trompeurs.
Moi, j'ai pour rien les caresses d'un ange,
Et pour moi seul sont toutes ses faveurs.
Laissez-moi donc, cœurs pleins de per-
    fidie,
Pour moi cet ange est le seul vrai Mentor.
Moi, l'oublier ! Plutôt quitter la vie.
   Oh ? laissez-moi l'aimer encor.

UNE FLEUR DES CHAMPS.

AIR : *Sainte Thérèse, ô ma patronne.*

Dans nos champs, riche mosaïque.
Rians tapis, lieux enchanteurs,
Pousse et fleurit, simple et pudique,
La plus modeste de nos fleurs.
En s'ouvrant, la pauvre petite,
Compte sur des jours éclatants ;
Mais, hélas ! jeune marguerite,
Tu ne dois vivre qu'un printemps.

A quelques pas, dans cette grange,
Quel est donc cet astre si beau ?
C'est une vierge aux yeux d'archange
Aussi douce que son agneau.
Son nom ; l'écho nous l'apprend vite,
Il vient charmer tous nos instants :
La tendre et belle Marguerite
Compte à peine quinze printemps.

Quand de ses larmes, dans la plaine,
La rosée anime la fleur,
Par le parfum de ton haleine,
Tu lui disputes sa fraîcheur.
Léger comme l'air qui l'agite,
Son court jupon aux plis flottants
Et la gentille Marguerite,
Sont la parure du printemps.

Faible et tremblante sur sa tige,
La fleur ploie au gré du zéphyr.
Ange, ainsi tu sens un vertige
Lorsque tu ressens un désir.
Redoute ton cœur qui palpite,
Car les amants sont inconstants.
Crois-moi ; sensible Marguerite,
Conserve la fleur du printemps.

Laisse-moi jouir de ta vue :
Las ! un contact peut te ternir !
A toi ma vie est suspendue
Pleine de joie et d'avenir.
Ange dont l'âme est sans limite,
Sur terre, aux cieux, en même temps,
Laisse-moi t'aimer, Marguerite,
Comme l'on aime le printemps,

LA TOURTETELLE ET LA PASTOURELLE.

AIR : *Ah! plus amour tu nous causes.*

De la clarté ravivant la fougère ,
L'aurore au ciel entr'ouvre ses rideaux.
Lycas aux champs a rejoint sa bergère,
Et de leurs nids s'échappent les oiseaux:
Amants légers , pourquoi quitter vos
    belles ?
Ah ! du bonheur les momens sont si courts

8

Zéphirs dormez, taisez-vous pastourelles,
La tourterelle appelle ses amours !

Le soleil brille et bientôt sous l'ombrage
De deux bergers, Lise a fait deux rivaux.
L'amant ailé qui cherche le feuillage,
Du bois voisin visite les rameaux.
Que je vous plains craintives tourterelles,
Vous soupirez et les échos sont sourds...
Zéphirs dormez, taisez-vous pastourelles,
La tourterelle appelle ses amours !

Du jour qui fuit l'astre se décolore :
Lise, en glissant effeuille un lit de fleurs.
L'oiseau chéri ne revient pas encore :
Est-il tombé sous le plomb des chasseurs?
Peut-être il souffre en des serres cruelles.
Nymphes des bois, volez à son secours !
Zéphirs dormez, taisez-vous pastourelles,
La tourterelle appelle ses amours !

Déjà la nuit de sa première étoile
Donne aux amants le signal des plaisirs:
Heureux berger, tu vas fouler le voile

Dont Lise en vain couvre ses vifs désirs !
Du tourtereau j'entends battre les ailes..
Craignez, craignez d'éveiller les vautours
Zéphirs dormez, taisez-vous pastourelles,
La tourterelle appelle ses amours !

Cueillez le myrte, enfant de Cythérée,
Lise aujourd'hui couronne son vainqueur
De vingt baisers sa bouche colorée
Vient d'exhaler le soupir du bonheur !
Par sympathie, au nid rentrés fidèles,
Les tourtereaux imitant les pastours :
Zéphirs, volez, folâtrez pastourelles,
La tourterelle a revu ses amours.

NOTRE AMOUR NOUS SUFFIT.

Air : *Ah! reprenez vos pipeaux, etc.*

Allez, courez, vous dont le cœur est vide,
Souvent le bruit tient lieu de vrais plei-
      sirs...
Le temps au bal coulera plus rapide :
Hâtez-vous donc, stimulez vos désirs.

Nous que ce bruit, ô ma belle maîtresse,
Pourrait priver d'un gracieux récit,
Ici restons à parler de tendresse ;
Nous nous aimons, notre amour nous
    suffit.

Vos schalls, votre or, vos rubans, votre blonde
Vont attirer les regards curieux.
Guindez-vous bien, car, pour les gens
    du monde
Sans naturel on est plus gracieux.
On rend hommage à la femme en toilette,
On n'est point vu sous un modeste habit.
Ah ! méprisons ces talents de coquette ;
Nous nous aimons, notre amour nous
    suffit.

Mais minuit vient ; plus de bruit, plus
    de joie,
Pour vous tout meurt : les jeux se sont taris.
Le morne ennui sur votre front tournoie ;
Vous perdez tout, les amours et les ris...
D'un faux bonheur qui luit et s'évapore,
Vos sens n'auront rien à dire à l'esprit.
Notre bonheur précède chaque aurore !
Nous nous aimons, notre amour nous
    suffit.

VERSEZ DU VIN.

AIR : *J'aime le vin* (Blondel).

Versez du vin, versez du vin !
Qu'elle est douce son influence !
Du pauvre il efface un chagrin ,
Du riche il charme l'existence.
Puisque Dieu prodigue les vignes,
De ses bienfaits rendons-nous dignes.
Versez du vin, versez du vin !
Versez du vin, versez du vin !

Versez du vin, versez du vin !
Jésus, jadis, en Palestine,
Se trouvant dans un gai festin,
En versa de sa main divine.
Suivons cet exemple notoire ;
Soyons chrétiens dès qu'il faut boire :
Versez du vin, versez du vin !
Versez du vin, versez du vin !

Versez du vin, versez du vin !
Vieillards qui ne renversez guère
Jeune fille au regard malin,
Dont la vertu n'est pas sévère.
Quand vous échappent les fillettes,
Rattrapez-vous à vos feuillettes.
Versez du vin, versez du vin !
Versez du vin, versez du vin !

Versez du vin, versez du vin !
Disait ce bon père Latuille
Lorsque le cosaque inhumain
S'approchait de la grande ville :
« Mon vin n'est fait que pour les braves
» Français, prenez, videz mes caves,
Versez du vin, versez du vin !
Versez du vin, versez du vin !

Versez du vin, versez du vin !
Un faux sage en vain nous répète,
Que dans le fond d'un puits malsain
La vérité fait sa retraite :
La gaillarde chérit la treille ;
Son gîte est dans une bouteille.
Versez du vin, versez du vin !
Versez du vin, versez du vin !

Versez du vin, versez du vin !
Honte à celui qui serait sobre !
Nos ceps sont chargés de raisin
Que vont mûrir les feux d'octobre.
Dépensons le jus de la tonne ;
Nous amasserons en automne.
Versez du vin, versez du vin !
Versez du vin, versez du vin !

LES ADIEUX.

Air : *Tiens, ma Lisette, quittons-nous.*

Au point du jour dans sa chambrette,
A l'amant qu'elle aima le mieux,
En pleurant, la tendre Lisette
Disait au moment des adieux :
« Quand le lien qui nous enchaîne,
» Est à jamais brisé par vous,
» Monsieur, ne montrez point de haine
» Pour nous quitter embrassons-nous.

» Retournez dans votre famille.
» Ne consultez pas ma douleur ;
» Je n'étais qu'une pauvre fille :
» Pouvais-je aspirer au bonheur ?
» De quelque riche demoiselle
» Vous allez devenir l'époux ;
» Sans intérêt j'étais fidèle !
» Pour nous quitter embrassons-nous.

» En fuyant le bruit de la ville,
» Après un modeste repas,
» Dans les sentiers de Romainville,
» Souvent l'amour guida nos pas ;
» Un épais rideau de feuillage
» Cachait nos plaisirs les plus doux.
» Les bois ont perdu leur ombrage :
» Pour nous quitter embrassons-nous.

» Ah ! laissez-moi pour héritage
» Ce portrait par vos mains tracé !
» Mes yeux en fixant votre image
» Verront plus gaîment le passé.
» Je sourirai dans ma vieillesse,
» A notre premier rendez-vous.
» Alfred, encore une caresse !
» Pour nous quitter embrassons-nous.

ROMANCE HISTORIQUE.

Air *du Suicide* (de Béranger).

Pauvre Marie , et toi basque sensible ,
Pourquoi le sort a-t-il trahi vos feux ?
A votre flamme , un père inaccessible ,
De votre chaîne a brisé les doux nœuds.
   Vous vous aimiez, comme s'aiment les
       anges,
  Vous en aviez la vertu , la candeur ;
  Mais le destin vous vouant au malheur
Vous réservait des tortures étranges.
Tristes martyrs d'un amour malheureux
Pour vous unir, montez, montez aux
    cieux.

Quand Dieu semblait avoir tissu la trame
Des plus beaux jours, pour vous en faire
       don,
L'amour naïf que nourrissait votre âme
N'a pas sur terre obtenu son pardon.

9

Vos doux baisers aux yeux semblent un
    crime,
Votre tendresse ombrage un sot orgüeil :
Le désespoir vous creusant un écueil
Fait en un jour une double victime.
Tristes martyrs d'un amour malheureux
Pour vous unir montez, montez aux
    cieux.

Où court Marie ? oh ! qu'on la laisse faire,
Pour elle , hélas , la vie est un fardeau.
Qu'on n'aille pas la rendre à la lumière,
De son bonheur s'est éteint le flambeau :
On lui ravit un amant qu'elle adore,
Une autre qu'elle est conduite à l'autel ;
Pour fuir alors un tourment éternel ,
Ce jour maudit est sa dernière aurore !.
Quitte la terre , un amant généreux ,
Bientôt, Marie, ira te joindre aux cieux.

Le jeune époux se traînant à l'église
Pour obéir à l'auteur de ses jours,
Tout embrasé du feu qui l'électrise,
Vole soudain à ses premiers amours.
Il fend la presse, il s'y fait un passage ;

De tous côtés il cherche son trésor......
Mais la bergère avait pris son essor
Pour habiter une plus douce plage !
Puisqu'ici bas tu ne peux être heureux,
Basque, à ton tour, prends ton vol vers
      les cieux.

Il voit de loin la plaintive Marie
Qui s'élançait dans le gave écumant :
Hors de lui-même, il court, il vole, il
      crie ;
Mais sa Marie a fui dans un moment.
Jaloux alors de lui rester fidèle
Enfin, dit-it, mon dernier jour a lui !
Pour honorer celle qui meurt pour lui
Au sein des flots il va mourir pour elle.
Dignes rivaux tendres et généreux
Allez, allez vous aimer dans les cieux.

Non loin de là, sur le bord du rivage
On vit flotter leurs corps entrelacés ;
Bientôt pour eux dans tout le voisinage,
Les nobles cœurs furent intéressés.
A leur malheur, surtout à leur tendresse,
On éleva dans un sentier de fleurs

Un mausolée emblême des douleurs,
Dont l'avarice abreuva leur ivresse.
Éternisant leur trépas et leurs feux.
On vit s'unir et la terre et les cieux.

BIZARRERIE DE L'AMOUR.

Air : *N'espérons rien de la fortune.*

D'un humble toît, tranquilles possesseurs,
Loin des cités vivaient en paix deux frères
Et l'amitié, dans le fond de leurs cœurs,
Versait l'oubli de toutes leurs misères.
Dès leur enfance, orphelins malheureux,
C'est en s'aimant qu'ils supportaient leurs
peines :
Toujours d'accord , toujours gais et
joyeux ,
Des goûts de l'un l'autre portait la chaîne.

L'actif Victor, le gardien du logis ,
Veillait à tout comme une ménagère ,
Et chaque jour le couvert était mis.
Longtemps avant le retour de son frère,
Jérôme au loin par cent travaux divers,

De chaque jour trouvait la nourriture,
Faisant la guerre aux oiseaux dans les
      airs,
Comme aux poissons au bord d'une onde
      pure.

Depuis longtemps favorisés du ciel,
Tous deux en rois vivaient dans leur
      retraite ;
Quand par hasard, l'amour, ce dieu cruel
Vint de Victor rendre l'âme inquiète.
Comme une fleur, las ! il dépérissait,
Et sur son mal pour appliquer un baume
Du mal affreux qui toujours le minait,
Il fit enfin confidence à Jérôme.

— Reprends courage ; espère en moi,
      Victor,
» Je vais calmer l'orage de ton âme. »
Et sans retard son zèle prend essor
Vers la beauté qui provoque sa flamme.
Mais les parents semblent irrésolus :
Que faire alors ? Il va trouver Hortense,
Qui peu sensible à ses soins superflus,
Détruit, d'un mot, sa plus douce espé-
      rance.

9.

Victor, dit-elle, est bien loin de mon cœur
Autre que lui le consume en silence.
— Qui de vous plaire aurait donc le
    bonheur ? »
C'est vous... qui? moi ! Qu'avez-vous
    dit, Hortense?
A ce discours, prêt à s'évanouir,
Jérôme, alors, retourne à sa chaumière,
Pleure et bientôt de l'amitié martyr,
Il tombe mort sous les yeux de son frère.

Ne plaignons pas Victor, il est heureux,
La fièvre en lui circule et le dévore.
Pendant la nuit s'éteignirent ses yeux.
Et le pauvret était froid à l'aurore.
Inconsolable et veuve sans hymen ,
Lorsqu'on portait les deux frères au
    temple,
Hortense aussi mourut le lendemain
Victime, hélas! d'un amour sans exemple.

LE CABARET.

AIR : *On dit que je suis sans malice.*

Accourez tous, joyeux ivrognes,
Epicuriens à rouges trognes ;
La chanson que je vais chanter,
Chacun de vous doit écouter.
Mais ne détournez pas la tête ;
Le sujet que je vous apprête
Pour les buveurs d'eau n'est pas fait : } bis.
Je vais chanter le cabaret.

De Dieu voulant se rendre digne,
Un jour Noé planta la vigne :
Son raisin était du meilleur,
Et faisait honneur au Seigneur.
Depuis lors il buvait sans cesse ;
Même on prétend qu'un jour d'ivresse,
Dans son délire il soutenait
Que l'Arche était un cabaret.

Chaque jour j'ai l'humeur chagrine :
Savez-vous ce qui me taquine ?...
Je voudrais, et soir et matin,
Savourer le nectar divin.
Quand je vois sa couleur vermeille,
Aussitôt ma soif se réveille :
Heureux le buveur qui pourrait
Passer sa vie au cabaret.

Heureux quand le plaisir m'appelle ;
A la gaîté toujours fidèle,
On me voit, joyeux chansonnier,
Me placer près d'un goguettier.
Si je chante chanson à boire,
L'Amour, et de nos preux la gloire,
Lors je n'éprouve aucun regret
De me trouver au cabaret.

Né sous l'ombrage de la treille,
Je n'ai d'amour que ma bouteille ;
Mon lait d'un raisin fut le jus :
Tel Silène fit à Bacchus.
Comme lui, je veux et désire
Vivre dans un joyeux délire ;
Et si la mort me surprenait
Ce ne serait qu'au cabaret.

Que les enfants de la goguette
Me mettent dans une feuillette ;
Et, répétant un gai refrain,
Me bénissent avec du vin.
Je suis sûr, de cette manière,
Ne jamais manquer de prière ;
Car mon cimetière serait
Dans la cave du cabaret.

LE MALHEUREUX EN AMOUR.

Air : *On dit que je suis sans malice.*

Vous avez beau, tendres poulettes,
Montrer vos formes rondelettes,
Baisser les yeux en rougissant
Et m'agacer même en passant.
Vous perdez, je vous le confesse,
Votre temps et votre jeunesse :
Je ne veux plus faire la cour ;   *Bis.*
J'ai trop de malheur en amour.

Je me souviens qu'à la sourdine
Je voyais la nuit ma voisine,
Et qu'une fois certain manant
Me prit pour quelque revenant.
Mais le pire est que le rustique
M'assomma presque à coups de trique :
Je ne veux plus faire la cour ;
J'ai trop de malheur en amour.

Un vieux marquis, chez une actrice,
Manqua me trouver en office :
Par bonheur, sous un canapé,
Je fus bientôt enveloppé :
Mon dos (jugez de ma colère !)
Devint un autel de Cythère :
Je ne veux plus faire la cour ;
J'ai trop de malheur en amour.

Devant la porte d'une belle,
Un soir pour faire sentinelle,
Je m'étais mis sous un auvent,
Car l'eau tombait comme un torrent.
L'auvent poussé par la tempête,
Vint se briser droit sur ma tête :
Je ne veux plus faire la cour ;
J'ai trop de malheur en amour.

En me fourrant sous la couchette
De la jeune et tendre Fanchette,
Le jour où sa mère faillit
Me surprendre en flagrant délit,
Ma main tomba sur quelque chose
Qui sentait plus fort que la rose :
Je ne veux plus faire la cour;
J'ai trop de malheur en amour.

Hier, aux pieds d'une coquette
Que je courtisais en cachette,
Je tenais des propos bien doux,
Quand je vis arriver l'époux ;
Le gredin, plus prompt que salpêtre,
Me fit sauter par la fenêtre :
Je ne veux plus faire la cour ;
J'ai trop de malheur en amour.

A force de courir les belles,
Mes bottes n'ont plus de semelles,
Je suis plumé comme un oison
Et n'ai plus rien dans ma maison :
Ma culotte devient si mûre
Qu'on verra bientôt ma nature :
Je ne veux plus faire la cour;
J'ai trop de malheur en amour.

JE VAIS AUX CHAMPS.

AIR: *Petits oiseaux dont le gentil ramage.*

Oui, c'en est fait, mes amis, je m'exile.
Je vais chercher, loin d'ici, le bonheur ;
Il faut la paix à mon âme tranquille,
Et sous mes yeux sans cesse est la douleur *b.*
Je vais revoir la vallée, la prairie,
Et le ruisseau, témoins de mes amours ;
Amis, aux champs je vais passer ma vie,
Car c'est aux champs que règnent les beaux
        jours.

De la nature admirant les merveilles,
Au Tout-Puissant j'adresserai mes vœux ;
J'aurai banni les soucis et les veilles,
Je tâcherai de faire des heureux ;
A l'exilé qui, loin de sa patrie,
Souffre et gémit, je porterai secours ;
Amis, aux champs, etc.

Le sort des grands ne me fait pas envie,
Du monde, hélas ! j'ai connu les abus ;
Ses bals, ses chants, brillante féerie,
Son faux bonheur, ne me toucheront plus,
Je vais aux champs, vers l'image chérie
Du tendre objet que j'aimerai toujours ;
Car, mes amis, je veux finir ma vie
Sous le berceau de mes premiers amours.

Imprimerie de A. Hiard, à Mesnan.

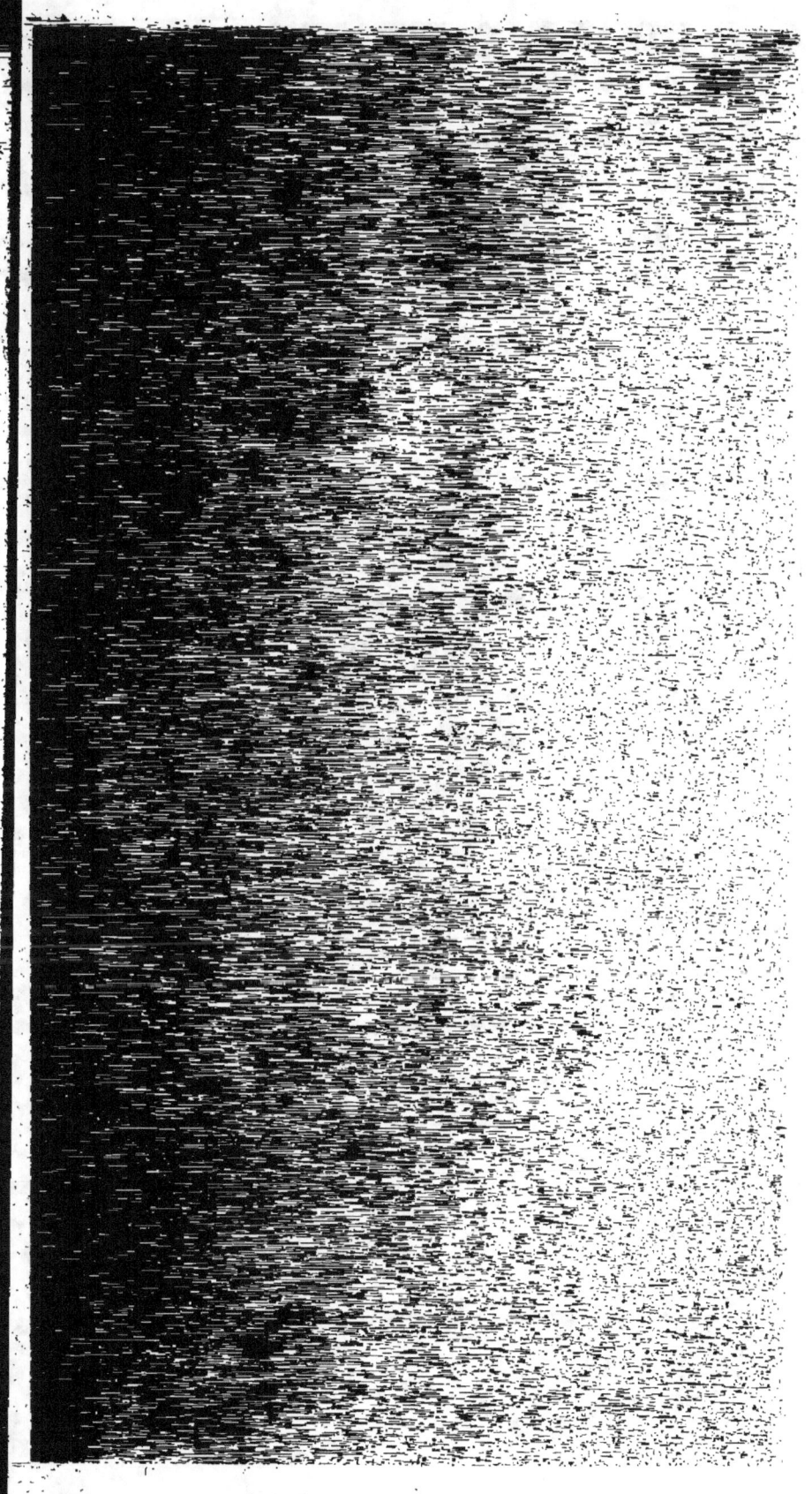

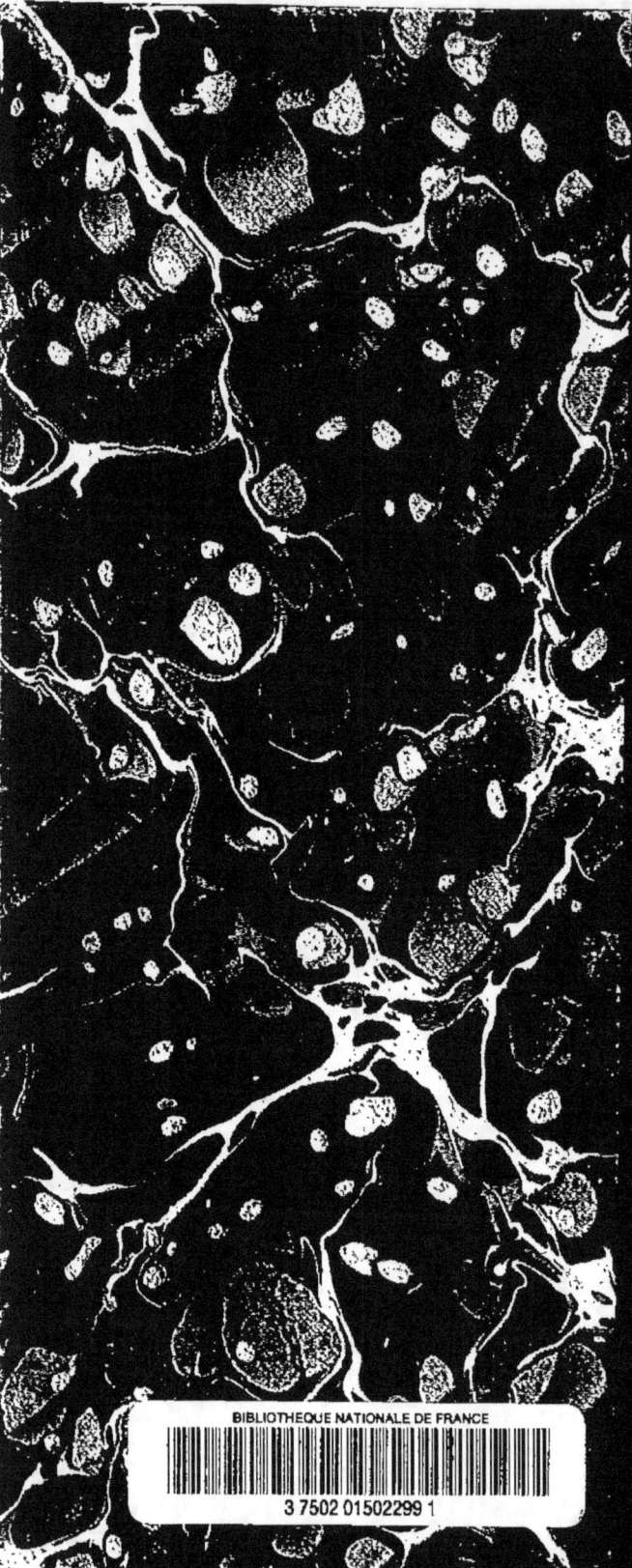

IN
Y